Le Châtelain

DU MÊME AUTEUR

Pensées interdites, chroniques de la France bâillonnée, Editions Ad Gloriam, 2019

Journal d'un Remplacé, à l'usage des esclaves des petit et grand remplacements, Editions Ad Gloriam, 2021

Train de nuit, recueil de nouvelles, Editions La Nouvelle librairie, 2022, Editions Ad Gloriam

Le Châtelain

Nouvelle

Cédric Verdier roulait à reculons à bord de sa Peugeot qui l'emportait à Romorantin pour assumer une décision prise à regret, voici plusieurs années.

Il aimait emprunter cette route qui offrait à chaque fois un paysage renouvelé. En ce début de printemps, la grande Sologne dégorgeait timidement la vie de ses entrailles. La glaise monotone, fécondée par un hiver moite et gris, accouchait de ses premières pousses. De timides droséras s'échappaient de leur hibernacle le long des étangs. De l'herbe grasse rongeait le bord de la route ouvrant une brèche stérile dans cette étendue bientôt luxuriante où s'engouffrait la vieille voiture. Au loin, on devinait le brame d'un cerf en quête d'amours furtives, perdu dans l'une de ces imposantes forêts qui tiennent la garde des bourgs et des villages sur des kilomètres. La fenêtre entrouverte de la berline d'occasion, laissait glisser dans l'habitacle un vent chargé de tourbe fraîche, qui chassait à grand-peine une tenace odeur de tabac froid. En quittant le château de Montrieux, Verdier avait emprunté la départementale 13, se laissant aspirer dans cette interminable galerie de feuilles qui le propulsait lentement jusqu'au petit village de Vernou, seule étape entre la demeure familiale et Romorantin-Lanthenay, capitale de la Sologne. Le paysage à la sortie de Vernou s'écrasait subitement, laissant apparaître landes et champs jusqu'à l'horizon lointain, le temps de quelques ronflements de moteur. Puis, il se refermait timidement pour former cette fois un étroit tunnel de pins longilignes qui s'élançaient vers le ciel. Même s'il l'empruntait rarement, Verdier connaissait cette route par cœur. Comme lui, elle avait toujours été là, mais pour la première fois, il se surprenait à la déchiffrer.

Il était de nature casanière et son flegme pragmatique le préservait des sursauts de l'humeur. Le Châtelain, sobriquet persifleur que lui avaient donné les habitants des environs, venait pourtant de subir pendant sept longues journées les assauts successifs et coordonnés de l'espoir puis de la fatalité, du doute puis de la certitude, de la honte suivie de la fierté. Le seul sentiment constant qui l'habitait depuis ce coup de fil qui le fit sortir de sa torpeur habituelle était la résignation. Au cours des dix longues minutes qui séparaient le château de l'agence, Verdier songeait une dernière fois à la décision qu'il devrait prendre. Ce cadre familier s'y prêtait, et le confort spartiate de sa voiture hors d'âge l'apaisait. Les plastiques autrefois clinquants de l'habitacle, étaient ternis par la routine. Le cuir gris des sièges craquelait, sans doute fatigué par la sollicitude de ses anciens propriétaires. L'intérieur de la 607 s'enorgueillissait de quelques équipements demeurés assez modernes, mais le radiocassette, qui n'avait rien avalé depuis des saisons, trahissait le millésime de sa berline en fin de vie. Son apparence demeurait néanmoins élégante et eût pu conférer au châtelain un semblant de crédibilité s'il l'avait acquise neuve. Sa robe grisâtre était tachetée çà et là, froissée par le temps. Cette voiture, à tant d'égards, affichait les vestiges d'une gloire éteinte. Un peu comme le château familial que Verdier s'apprêtait à vendre.

Le hameau de la Jurandière, situé à quelques kilomètres de Romorantin, s'étala soudainement sur toute la largeur du pare-brise, indiquant au châtelain qu'il devrait donner promptement congé à son incertitude. Il fallait songer à la meilleure manière d'aborder l'affaire avec cet agent immobilier dont il ne connaissait que trop bien l'attitude pédante et pompeuse. Il fallait tirer le meilleur parti de cette vente qu'il n'avait pas encore tout à fait décidée. Verdier considérait que l'identité du potentiel acquéreur avait bien plus d'importance que la somme d'argent qu'il proposerait pour l'achat de son château. Qu'allait devenir son château entre ses mains, pensa-t-il, un gîte ? Il avait déjà tenté cette aventure, sans véritable succès. Un parc d'attractions pour écoliers ? Il en serait hors de question. Un musée peut-être ? L'idée le séduisit, mais il n'y pensa plus. Voici trois ans que le château était en vente, depuis la mort de son père. Cédric Verdier avait suffisamment connu sa mère pour s'y attacher, mais trop peu de temps pour ne pas l'idéaliser. Elle est morte quand il avait onze ans, emportée lentement par une maladie dont on lui cacha le nom. Il était le dernier héritier en ligne directe d'une très ancienne famille noble de Sologne, installée sur ces terres depuis le XVe siècle. Chaque génération, depuis cette maudite Révolution, maugréait-il souvent, avait réussi à maintenir en vie ce château que le temps n'avait pas épargné. Oh, ce n'était sans doute pas le plus beau domaine de la région, qui en comptait plus qu'elle ne compte de fermes, mais il dégageait l'agréable impression d'avoir toujours été là, veillant sur des hectares de jardins et de bois, un étang poissonneux et un jardin à la française qui en faisait la fierté. Ses deux tours de briques roses losangées de noir et coiffées d'ardoises s'élançaient au-dessus des douves comme des crayons bien taillés. Sa taille, d'apparence modeste, pouvait surprendre le visiteur qui se perdait dans le dédale de ses pièces invitant au voyage à travers six siècles de rénovations et d'agrandissements. Il y régnait une ambiance romanesque d'où émanaient les effluves d'amour courtois et d'esprit chevaleresque. Son harmonie se dégradait, néanmoins, et les efforts de son dernier propriétaire pour maintenir son éclat semblaient vains et toujours insuffisants. Verdier en tirait un sentiment de diminution progressive qui l'avait contraint, après de longues batailles perdues, à accepter sa défaite. Le dernier héritier n'était pas capable d'assurer la permanence de son patrimoine, sa survie à travers les âges. La seule solution était de vendre le château à plus capable que lui, quitte à en flétrir d'indignité.

Arrivé à Romorantin, Cédric Verdier gara sa vieille 607 sur un parking austère qui s'étalait telle une flaque de bitume. L'agence Christophe Moreau Immobilier se languissait sur le faubourg d'Orléans. Sa vitrine salie par les pluies, proposait à la vente, sur des affiches jaunissant d'ennui, des maisons standardisées qui nourrissaient les verrues périurbaines, quelques appartements défraîchis et de trop rares bâtisses en pierre de pays. Arrivé sur le pas de la porte en verre dépoli qui laissait deviner l'antre de l'agence, un doute assaillit Cédric Verdier. Il demeura un instant immobile, songeant à la gravité de la démarche qu'il s'apprêtait à effectuer, trois ans après s'être résigné à céder le château de famille. Cette situation le plongeait dans un profond désarroi. Il avait dû se résoudre à réaliser son pire cauchemar, celui qui le taraudait depuis l'enfance : disjoindre le nom des Verdier du château qui les avait vu naître, vivre et mourir depuis Charles VII. Il s'était fait à l'idée que la vente, dans de bonnes conditions, était l'unique solution pour inscrire le château dans ce siècle et dans ceux qui suivraient.

L'homme était redevenu calme, finalement impatient de découvrir qui s'intéressait de si près au domaine de Montrieux. D'une main tremblante – des secousses incontrôlables s'emparaient régulièrement de son corps depuis quelques mois –, il saisit la poignée d'aluminium de la porte d'entrée, poussa lentement, le temps de laisser éclore un sourire de circonstance sur son visage sans éclat, et franchit le point de non-retour en posant un pied sur la moquette verdâtre qui le conduirait vers le bureau de ce Christophe Moreau. Après de longues secondes à patienter devant le bureau de l'agent, Cédric Verdier s'empara, sans y avoir été invité, de l'une de ces chaises en plastique transparent qui suggère l'originalité et le faste, mais que l'on pouvait trouver dans toutes les salles d'attente médiocres. Elle s'ennuyait devant cet homme discourtois qui entretenait savamment un silence distant. Christophe Moreau se décida à fixer dans les yeux son rendez-vous de onze heures, par-dessus ses lunettes cerclées d'un épais plastique noir, aussi brillant que pouvait l'être sa peau suiffeuse. Bien qu'assis, Cédric jugeait son futur interlocuteur de petite taille. Il n'était ni gros, ni mince, mais assurément gras, ce que Cédric avait en horreur. Sa chemise fantaisie regorgeait de détails colorés et bancals, produisant l'effet inverse de celui recherché. Elle mettait en valeur les dissonances adipeuses de son corps déformé par la gourmandise. L'homme tâchait de prendre soin de son apparence, mais ce quarantenaire fraîchement divorcé accumulait les fautes de goût : une chemise rose ornée de boutons ovales d'un bleu criard, une broderie de fil blanc qui affichait, sur son épaisse poitrine, les initiales C.M. en lettres cursives, un pantalon en jean délavé sciemment troué de toute part, laissant apparaître le galbe disgracieux de ses jambes velues, des mocassins noirs, pointus et trop brillants pour être en cuir, saturés de motifs fantaisie et, parachevant la panoplie de l'inélégance, des bijoux en fer-blanc encerclaient ses doigts gonflés par une arthrose précoce. Son bouc châtain, fort touffu, cachait un menton qu'on devinait en galoche. Il dénotait avec la toison en friche qui masquait tragiquement une calvitie déjà bien installée sur le large crâne de l'agent immobilier. L'homme se voulait élégant, mais avait l'allure d'un crapoussin endimanché. Son attitude ronflante agaçait Cédric qui n'en laissait rien paraître. L'œil assuré, l'agent fixa le châtelain tout en retirant lentement ses lunettes de la main gauche pour engager la conversation.

— Mon cher Cédric ! Comment vas-tu ? Excuse-moi, mais je suis dé-bor-dé ! Les affaires tournent en ce moment.

Cette soudaine familiarité tranchait avec l'attitude pédante qu'avait choisi d'arborer le passeur d'annonce depuis que Cédric était entré dans son local exigu.

— On peut se tutoyer maintenant, depuis le temps... hein ? Ça te dérange pas ? Surtout que j'ai de bonnes nouvelles pour toi. Alors, comment ça va, sinon ?

Le châtelain imposa un long silence avant de rétorquer. Il avait l'élégance désuète d'un notable du XIXe siècle, choisissant des mots précieux pour décrire le commun. Il se démarquait par une prestance réfléchie, maîtrisée, calculée et incarnait, dans un monde qui n'en avait plus guère, la noblesse d'esprit de ceux qui l'avaient précédé. Des lunettes aux verres fuyants couvraient son regard noisette qui perçait l'âme. Son sourire franc révélait une assurance de façade qui dissimulait des peines immuables et des doutes redondants. Le costume trois-pièces était l'uniforme qu'il portait en toutes circonstances et en tous lieux. Ses saillies, acerbes et sarcastiques, étonnaient toujours son auditoire, tant la dissonance entre l'être et le paraître était saisissante chez ce personnage. Il était une sorte de dandy trash que l'on aimait tout à fait ou que l'on méprisait pleinement. Du haut de son mètre quatre-vingt-cinq, l'homme élancé dévisagea son interlocuteur avant de lâcher, sarcastique, observant ostensiblement le local exigu et décrépi sur lequel il régnait :

— Comme un homme qui s'apprête à abandonner son patrimoine, cher monsieur. Gageons que votre descendance ne goûtera jamais à l'âpreté de ce sentiment !

Il insista sur le vouvoiement. Dans un silence gêné, l'agent, encore rougi par ce soufflet qu'il n'avait pas anticipé, tenta de reprendre l'avantage, se saisissant nonchalamment de sa cigarette électronique.

— Je vois, je vois… Écoutez Cédric, ça va faire trois ans qu'on s'connaît, n'est-ce pas, et en trois ans, on ne peut pas dire que les acheteurs se soient bousculés pour votre bien. D'autant que l'agence a pas mal de produits de ce segment en rayon, si j'puis m'permettre, et que le marché, sur ce type de biens, n'est pas vraiment carencé…

Cédric s'irritait en silence. Ce verbiage d'agent immobilier l'enrageait presque. Il considérait que ce vocabulaire prémâché, que l'agent utilisait par mimétisme bêlant, n'avait pour objet que de combler la vacuité de ces recalés des facultés de droit, de ces vendeurs de soupe recyclés, de ces notaires du pauvre qui ne connaissent que trop rarement les maisons et appartements qu'ils ont en catalogue et se contentent d'engloutir de grasses commissions sur les transactions qui viennent à eux. Dire qu'il ne les aimait pas relevait de la litote, mais avait-il le choix ? Il avait bien tenté de vendre le château par l'entremise d'un notaire, d'une agence spécialisée dans le patrimoine d'exception, sans succès. Il avait conscience que cet annonceur à gage était peut-être sa dernière chance puisque le réseau dont celui-ci disposait pouvait compenser son inconsistance.

— Qui est-ce ?, demanda Cédric, décidé à ne pas perdre davantage de temps, ce qui sembla surprendre l'agent.

— Pardon ? Heu… je…

— Toutes mes excuses, ma question était peut-être trop complexe, permettez-moi de la reformuler : qui s'intéresse au château ?

— Eh bien, ce que je vous propose, c'est de vous présenter dans un premier temps l'offre d'achat de mon client. Ça vous va comme ça ?

Le châtelain, agacé par cette maladroite tentative de diversion, déclina brusquement sa suggestion. Un silence pesant envahit la pièce. Cédric Verdier n'était pas homme à se laisser dicter le cours des évènements dont il aimait maîtriser les moindres secousses. Malgré d'absconses boucles noires qui s'échappaient de son crâne, comme la lave d'un volcan en éruption permanente, c'est un homme élégant et raffiné qui habitait le personnage du châtelain. Toujours prompt à se confondre en bonnes manières, noble dans l'attitude et dans le verbe, il était d'autant plus déconcertant qu'il pouvait sortir du rôle qu'il s'était lui-même assigné, en dévoilant d'autres facettes de sa personnalité complexe. Humour grinçant, franc-parler brutal, mais toujours courtois, il aimait souffler le chaud et le froid pour mieux savoir à qui il avait affaire. Avec l'agent immobilier, cet exercice lui semblait superflu. Il avait très vite compris le petit rapport de forces ridicule dans lequel il voulait l'enliser. Il décida de prendre à nouveau les devants en rompant un silence qui s'éternisait.

— Très cher monsieur, votre vitrine bien garnie me suggère que votre temps est précieux. Vous savez comme moi que je ne vendrai pas le château à n'importe quel prix, mais surtout pas à n'importe qui. Je réitère, pardon, je « repose » ma question : qui-veut-a-che-ter-mon-châ-teau ?

Piqué au vif, l'agent tenta de reprendre la main dans cette partie de poker menteur mal engagée.

— Un demi-million, rétorqua l'agent, décidé à réussir cette vente.

Silence crispé.

— Cinq-cent-mille euros ? Très cher, connais-suez-vous l'expression « voir le verre à moitié vide ou à moitié plein » ?

— Bien sûr que je la connais.

— Voyez-vous, j'ai beau essayer, mais le prix que vous venez de m'annoncer ne me permet pas de m'adonner à cet exercice. Dans tous les sens, c'est une déception. Presque un affront.

— Écoutez, monsieur Verdier, vous devez savoir que votre bien demande beaucoup de travaux et que les acquéreurs pour ce type de produit sont assez rares, et dans un domaine concurrentiel en plus !

— À combien estimez-vous le prix de cette photo, là ?, coupa Cédric.

Le châtelain pointait du doigt un petit cadre en plastique censé égayer le bureau en bois aggloméré de l'agent immobilier. À l'intérieur, la photo d'une femme chétive enlaçant jalousement une enfant d'âge tendre, toutes deux assises sur un banc à l'ombre d'un vieux saule pleureur. La photo était affreusement mal cadrée et sous-exposée, mais elles avaient l'air heureuses.

— Celle-là ?, s'étrangla l'agent, avant de répondre sèchement : Elle n'a pas de prix.

— Parce qu'elle représente un bonheur passé, déchu, qui jamais ne sera ravivé, mais dont vous n'abandonneriez le souvenir pour rien au monde ?, se permit le châtelain, d'un air soudainement grave et sincère.

Sans laisser le temps de répondre à l'homme assis en face de lui, le châtelain enchaîna :

— Vous me semblez maintenant en mesure de comprendre. Ce château n'est peut-être qu'un « bien à rénover » à vos yeux, une commission potentielle, un énième château à vendre dans une région qui en compte tant, mais aux miens, il incarne le patrimoine familial qui se transmet de génération en génération depuis le XVe siècle.

La main de Cédric tremblait discrètement ; il avait maintenant du mal à retenir les palpitations de sa voix qui montait parfois dans les aigus, prise en tenaille par une émotion palpable qu'il s'efforçait de dissimuler.

— Vous vous rendez compte ?, hurla-t-il soudain. Ça fait six putains de siècles que ce château appartient à ma famille ! Il a accueilli d'illustres personnages dont vous peineriez à prononcer le nom, été témoin de plusieurs évènements historiques, foisonne de trésors d'histoire et d'architecture, de curiosités et d'anecdotes... et vous voudriez que je le cède à je ne sais qui pour le prix d'un vulgaire pavillon en parpaings et fenêtres

PVC de la banlieue d'Orléans ? À ce prix-là, ça ne peut être qu'un minable petit prolo qui veut se faire plaisir en achetant à crédit un château qu'il n'aura jamais les moyens d'entretenir. Vous m'aviez parlé d'une offre sérieuse, elle ne l'est pas. Vous n'êtes pas sérieux.

Il tenta de se ressaisir puis conclut dans un calme d'apparat :

— C'est non.

L'agent afficha un sourire satisfait qu'il voulut néanmoins discret. Cédric s'était présenté à lui comme un petit aristo prétentieux qui le toisait depuis le début de cette conversation, songea-t-il. Malgré l'austérité apparente de son affaire, l'agent aurait pu se payer comptant le château que Cédric espérait tant vendre. L'idée de lui faire une offre le traversa, mais il n'en aurait tiré qu'un plaisir orgueilleux. Ce roquet faisait maintenant sa pleureuse, pensa-t-il. Il venait non seulement de perdre ses moyens, mais avait surtout dévoilé ses faiblesses à l'agent qui s'en délectait. Sa technique de vente était bien rodée, elle fonctionnait presque toujours. La juteuse affaire serait bientôt conclue.

— Monsieur Verdier. Voilà trois ans que votre annonce est affichée dans la vitrine de l'agence, et c'est la première fois que nous avons une offre ferme d'achat. Et puis, c'est toujours négociable, vous savez. Tout est négociable ! Quel serait votre dernier prix. Dites-moi !

Cédric eut un instant d'hésitation, fixa l'agent immobilier, le regard lointain, mais déterminé, puis répéta :

— C'est non. Vous comprenez ? Il se leva, décidé à quitter cet endroit qui ne lui apporterait rien.

— Châteaux & traditions, tenta l'agent immobilier.

Le visage du châtelain se figea. S'apaisa. S'illumina. Il arrêta brusquement sa course vers la sortie de l'agence.

— Je ne suis pas censé vous le dire, reprit l'agent, mon client a souhaité conserver l'anonymat dans la mesure du possible, mais je pense que c'est important que vous le sachiez.

Châteaux & traditions était un fonds immobilier spécialisé dans les investissements haut de gamme. Il avait plutôt bonne réputation dans le cénacle des propriétaires de demeures de prestige, bâtie sur des projets de rénovation sérieux et réalistes, mariant valorisation du patrimoine et respect du caractère originel des lieux. Ses réalisations étaient rarement originales, mais respectaient les lieux et étaient viables comme pouvaient l'être les séminaires d'entreprise, les gîtes de luxe à la campagne ou d'autres projets touristiques. Cette offre était assez inespérée pour le châtelain. S'il portait une haute estime à son château, il avait conscience que d'autres dans le pays lui tenaient la dragée haute et auraient pu, auraient même dû intéresser davantage une entreprise aussi prestigieuse que Châteaux & traditions. Sans tourner les talons, il s'adressa à l'agent immobilier, qui égrainait les secondes comme des heures, et lui demanda :

— Combien de fois avez-vous fait visiter ma demeure à cet investisseur ?

— Trois fois, monsieur. Ils ont fait une offre juste après la dernière visite, la semaine dernière.

Après un long silence, le châtelain déclama :

— Cher monsieur, il se pourrait que vous ayez piqué mon intérêt qui se trouve être lié au vôtre.

— C'est-à-dire ?, demanda l'agent, ayant très bien compris où Cédric voulait en venir.

— C'est très simple. Si vous tirez un prix convenable de la vente de mon château, votre commission s'en trouvera d'autant valorisée, n'est-il pas ?

— Bien entendu. Comme je vous l'ai dit tout à l'heure, tout est négociable, mais dans la mesure du raisonnable ! Vous savez comme moi qu'il y a beaucoup de travaux à prévoir dans votre château, et les investisseurs m'ont bien précisé que…

— Sept-cent-mille euros, trancha Cédric. Ce sera mon unique contre-proposition.

Sur cette offre péremptoire, le châtelain, habité par un sentiment partagé entre satisfaction et amertume, enthousiasme et fatalité, quitta l'agence immobilière sans saluer son hôte. Il attendrait l'appel de ce Christophe Moreau comme une sentence qui, dans tous les cas, ne pourrait lui donner pleine satisfaction. Alors qu'il s'apprêtait à franchir le seuil de la porte, une main moite et épaisse saisit son épaule, lui ordonnant de ne plus bouger.

— Écoutez, monsieur Verdier… Ne perdons pas de temps. Je vous propose de signer une contre-proposition d'un montant de sept-cent-mille euros tout de suite ; je la remettrai dès cet après-midi à notre potentiel acquéreur et je vous appellerai pour vous donner sa réponse.

La solution convenait à Cédric qui voyait là un moyen d'être rapidement fixé sur le sort de son château.

— Devrais-je attendre longtemps avant que la paperasse y afférente soit prête ?

— Non, ce sera très rapide, répondit l'agent.

Christophe Moreau tint parole. Dix minutes plus tard, tous les documents étaient prêts à être passés en revue et signés. Après une lecture attentive, au cours de laquelle il ne manqua pas de faire remarquer deux discrètes fautes d'orthographe à son interlocuteur, Cédric rechigna quelques secondes avant d'apposer sa signature, qui, il n'en avait que trop conscience, pourrait acter la fin de six siècles d'histoire liant le château de Montrieux à sa famille. Six siècles de naissances, de vies, de morts. Six siècles de bonheur, de tourmente, de fêtes, de guerres, de récoltes, de famines, de révoltes, de résistances. Un simple gribouillis sur une vulgaire feuille de papier romprait définitivement le lien entre la famille de

Cédric et ce château auquel il tenait tant, au point de l'abandonner à un avenir meilleur dans les mains d'un étranger à son clan. Résigné, acculé par la raison, il saisit le stylo jetable à l'encre bleue que lui tendait le commis des lieux et s'appliqua à rédiger avec une mélancolique fierté toutes les composantes de son état civil qu'il ne dévoilait presque jamais : Cédric Gaspard Louis de Verdier Lassale de Montrieux.

Cédric Verdier vivait seul au château depuis la mort de son père, trois ans plus tôt. Il y occupait quelques pièces qui n'étaient pas dévolues aux visites du public ou à l'entrepôt de meubles abîmés. Il préférait le confort froid du grand salon, tapissé de licornes aux fils ocre et de scènes d'amour courtois, à celles dotées d'équipements un peu plus modernes. Depuis janvier, pourtant, il s'était résolu à dormir dans la maison du gardien, vidée de ses derniers locataires, après qu'il eut fait plusieurs chutes dans les escaliers, lesquelles, bien que légères, lui avaient causé de grandes frayeurs. Il ne s'expliquait pas ces tremblements soudains, à peine perceptibles quand ils avaient commencé. D'abord, un doigt tressaillait un instant, un bras se crispait. Puis, une jambe s'affolait, et voici que la main était prise de spasmes. Le corps s'affaissait enfin, puis s'essoufflait. La voix déchantait et s'enlisait dans la confusion des idées et des mots. Il connaissait l'origine de ce mal dégénérescent dont il avait vu souffrir et mourir son grand-père et peut-être même sa mère. La science moderne lui donnait le nom de « maladie de Charcot » ; elle signait la fin programmée de son passage sur terre. Dans trois, cinq, dix ans peut-être ? Cédric savait qu'il ne goûterait sûrement pas au gâteau de son cinquantième anniversaire, mais qu'importe..., avec qui aurait-il fêté celui-ci ? Il y avait bien cette femme avec qui il partageait d'agréables moments littéraires à la librairie pendant les jours ouvrables, cet ami d'enfance qu'il rencontrait parfois lors des fêtes patronales, ces voisins attentionnés qu'il connaissait depuis sa naissance sans vraiment savoir qui ils étaient, mais il avait sacrifié toute velléité de vie sociale pour vivre pleinement la solitude qu'il chérissait. Il savait que la mort le saisirait prochainement, mais il allait peut-être réussir à garantir la permanence de l'empreinte terrestre de son existence et de celles de ses nombreux aïeux : le domaine de Montrieux.

Affaissé sur les motifs fatigués d'un fauteuil à la reine, Cédric dégustait les mémoires d'un poète confidentiel, en profitant des dernières lueurs de l'hiver que crachaient les flammes de la cheminée monumentale. Lorsqu'il s'échappait de sa confortable lecture, c'était pour plonger son regard dans celui de ses ancêtres dont les tableaux écaillés régissaient le grand salon. L'ensemble de son arbre généalogique l'observait avec une obscure bienveillance, depuis le fondateur de l'ancien château jusqu'à son défunt père en passant par le plus illustre personnage de sa lignée, Pierre-Louis de Montrieux-Castades, qui fut favori du roi et gentilhomme de la Chambre. Avaient-ils honte de lui, ce dernier des derniers ? Étaient-ils fiers de son abnégation à faire survivre l'héritage de la dynastie des Montrieux ? Ces questions le taraudaient, d'autant qu'il n'en maîtrisait pas les réponses. Il se leva brusquement, comme pour asséner sa rancœur contre ces portraits immobiles d'où jaillissait pourtant davantage de vie que dans son propre cœur qui battait un peu par obligation. Ils étaient le reflet de son impuissance. Il ne le supportait plus. Il se rassit. Ses jambes, affaiblies par ce sursaut d'énergie, fanaient comme une fleur au soleil. L'horloge Louis XV, qui vacillait sur un parquet agonisant, affichait quatorze heures, celle convenue quelques jours auparavant pour appeler l'agent immobilier. Il devait l'informer de la décision du potentiel acquéreur. Quelques secondes à égrainer, peut-être les dernières de sa lignée de propriétaires terriens, avant la délivrance fatale. Une mélodie ordinaire, accompagnée d'un ronflement mécanique, s'échappa du téléphone portable de Cédric, se cognant contre les murs et les plafonds dans un écho infini.

— Allô, Cédric ? C'est Christophe. J'ai une bonne nouvelle à vous annoncer.

— Bonjour, cher monsieur. Je vous écoute, annoncez.

— OK. L'acquéreur a accepté votre offre, ce qui signifie que vous serez bientôt le détenteur d'un joli chèque de sept-cent-mille euros ! Par contre, il a demandé, enfin, il a surtout insisté en fait hein, pour que je vous demande si...

Cédric n'écoutait plus le bavardage satisfait de l'agent immobilier dont le bourdonnement désordonné bruissait en vain dans l'oreille de cet aristocrate finalement dépossédé par deux siècles de Révolution. Il n'entendait plus et ne pouvait plus parler, déchiré par des sentiments contraires. Il se pensait soulagé d'avoir sauvé son patrimoine qui deviendrait bientôt une superbe résidence de luxe, un centre de séminaire avec piscine pour cadres dirigeants ou une somptueuse maison de repos... Qu'en savait-il ? Il avait cependant échoué à perpétuer sa lignée, lui, l'homme sans descendance, sans revenus suffisants et désormais sans patrimoine. Mais l'honneur était sauf : le château était confié à la perpétuité. N'est-ce pas ce qu'il désirait par-dessus tout, perpétuer le patrimoine familial, enraciner son histoire, celle d'une noble famille, de centaines de familles serviles, d'un territoire, d'une région de France ? Conserver pour témoigner, se souvenir, transmettre ? Finalement, il avait réussi, et peut-être mieux que d'autres, tenta-t-il de se convaincre, à redorer les armoiries de sa famille. Ses meubles seraient bientôt lustrés, ses salons et ses chambres ravivés, la galerie de tableaux encensée. Il était le dernier des rouages à ne s'être finalement pas enrayé. Il avait sacrifié sa dignité d'héritier sur l'autel de l'immuabilité.

Délesté d'un fardeau trop lourd à porter, longtemps taraudé par l'incertitude et l'angoisse, Cédric Verdier pouvait enfin s'enorgueillir d'une mission réussie, celle qu'il avait promise à son père que lui-même avait promise au sien : sauver le château de la ruine, quel que soit le sacrifice à payer.

— Cédric, allô ? Cédric ? Monsieur Verdier ? Vous êtes toujours là ?

— Mille excuses, monsieur. La connexion est mauvaise ici. Vous m'annonciez la vente du château quand nous avons été interrompus. Auriez-vous l'amabilité de réitérer au point de friture ?

Silence interloqué.

— D'accord, d'accord. Je disais que le futur propriétaire tient à commencer les travaux très rapidement. Le groupe a un très beau projet pour le château, vous savez ! Rénovation de caractère, piscine, reconstruction de l'ancienne écurie et des dépendances, agrandissement du jardin à la française et j'en passe. Bref, je ne peux pas tout vous dire, mais ils veulent savoir si vous pouvez libérer les lieux d'ici la fin du mois. C'est possible ? Je ne vous cache pas que la conclusion de la vente est un peu beaucoup liée à votre réponse, hein...

— Vous dites fin mars ? Ça me laisse bien trois semaines pour boucler deux valises et emporter quelques souvenirs. Cela ne me paraît pas déraisonnable.

— Parfait !, se réjouit l'agent immobilier qui pourrait bientôt engloutir une belle commission, fruit de sa passivité.

— Je prépare les papiers et vous recontacte rapidement pour finaliser la vente. Bonne journée monsieur Verdier.

Cédric raccrocha.

Celui que l'on appelait le châtelain ne pensait guère plus à sa propriété familiale qu'il savait entre de bonnes mains, depuis la plage de San Juan où il avait pris l'habitude, depuis près de trois ans maintenant, de boire son jus d'oranges pressées, à l'heure où s'agitent les premières lueurs du jour, sur la crête des timides montagnes colombiennes. Il s'imaginait condamné à une rapide obsolescence programmée, mais par un miracle qu'il ne s'expliquait pas, la maladie qui couvait en lui avait cessé de l'abîmer davantage, après lui avoir fait perdre l'usage de plusieurs doigts et provoqué de légères pertes de mémoire. Voilà trois ans qu'il dévorait chaque minute d'un temps précieux, loin de sa Sologne, de sa librairie, de son château. Trois ans que le mal qui le rongeait avait cessé d'évoluer. Mais depuis quelques semaines, son état de santé se dégradait rapidement, comme pour rattraper le temps perdu. Il sentait que dans six mois tout au plus, il ne pourrait plus survivre dignement sans soins appropriés dans un établissement spécialisé. Adieu, l'océan ! Adieu, l'insouciance ! Adieu, plaisirs simples de la vie au soleil ! Adieu, pouvoir d'achat indécent ! Il lui fallait rentrer en France rapidement pour espérer vivre encore quelque temps de ces agréables souvenirs fabriqués loin de sa terre natale, désormais enfermé dans cette cage d'os et de muscles qui n'entendaient plus lui obéir très longtemps. Face à la perspective de tristes lendemains, son flegme et son pragmatisme naturels redevenaient ses alliés de circonstance. Il profiterait encore quelques semaines de la tiédeur réconfortante de son exil et se résignerait à prendre un billet sans retour pour Paris.

Il n'y songeait plus tellement, depuis des années, mais la perspective de son retour en France remit le château au premier plan de ses préoccupations quotidiennes, au point d'en redevenir une obsession. Presque trois longues années s'étaient écoulées depuis la vente, et il imaginait la nouvelle vie du château de Montrieux. Combien de piscines ? Une, deux, peut-être trois ? Était-il devenu un centre de séminaire, une luxueuse résidence pour personnes âgées ? La galerie des portraits qui trônait dans le grand salon avait-elle changé de place ? Le château accueillait-il des expositions temporaires, le nouveau propriétaire avait-il trouvé la mystérieuse pièce secrète, censée abriter une toile de maître, qui hantait la curiosité des Verdier de Montrieux depuis des générations ? Ce qui lui importait surtout était de s'immerger une dernière fois dans son château tant qu'il en avait encore les capacités physiques et cognitives. Le regarder, le voir, le sentir, le respirer, le parcourir pour se souvenir du bon comme du mauvais. Grimper au sommet de la tour Jehanne, se perdre dans la symétrie mimétique de son immense jardin. Il se délectait de ces retrouvailles qu'il savait proches.

Le voyage avait été fatigant et la voiture de location qui lui avait été assignée à l'aéroport de Roissy n'était pas aussi confortable que sa regrettée 607, pensait-il avec une certaine autodérision. Après deux heures de route, sans s'arrêter à Orléans où il avait abandonné sa librairie, Cédric Verdier approchait du village de Montrieux et du domaine éponyme dont il s'était dépossédé par devoir. Il sentait ses membres s'engourdir d'une excitation puérile, son estomac se plomber, son rythme cardiaque se confondre avec les claquements réguliers de sa main malade. Il égrenait les secondes qui le séparaient du château, lançait son regard aiguisé à l'assaut du moindre signe de son existence : une publicité au bord de la route ou un panneau signalant sa présence. Pour le moment, rien. Il s'approchait du domaine dont la vue était dissimulée, depuis cette confidentielle route de campagne, sous de larges étais de chênes qui soutenaient un ciel bougon. Il allait vivre un grand moment. Après trois ans d'absence et pour la dernière fois peut-être, Cédric reverrait ce château des Verdier Lassale de Montrieux. Sa silhouette gracieuse dévoilait une première tour coiffée de tuiles cendrées, puis une seconde avant de disparaître de longs instants sous l'opaque forêt de bouleaux qui encerclait le domaine. Après d'interminables minutes à glisser sur le bitume encore frais de ce chemin qu'il connut caillouteux, Cédric se trouva à quelques centaines de mètres du château dont il avait maintenant une vue cavalière, ample, panoramique. Les roues du véhicule se raidirent violemment, laissant derrière elles une indélébile traînée noirâtre qui pénétrait la route au son strident d'une truie ladre mettant bas. La gorge de Cédric était nouée par une émotion consternée. Le spectacle désolant d'une fleur de ruine s'imposait à son regard impuissant. Une partie de la toiture du château s'était effondrée sous un orage de suie tandis que l'autre vacillait. Le jardin à la française se confondait avec la cacophonie végétale des prairies environnantes. Il apercevait depuis son point de vue encore lointain la trace de nombreux feux de joie, peut-être allumés par des filles homonymes. Des fenêtres orphelines laissaient entrer le froid et la pluie dans « son » château, visiblement sans défense. Un arbre imposant s'allongeait de tout son long sur le toit fracassé de l'ancienne écurie. Cédric Verdier ne s'était pas − du tout − préparé à un tel spectacle de désolation. Pourquoi le château n'était-il pas occupé ? Pourquoi n'avait-il pas été rénové ? Cédric ne se l'expliquait pas. Il ne pouvait s'agir d'une arnaque puisqu'il avait rapidement reçu l'argent de la vente. Un problème de permis de construire, de financement ? Des difficultés techniques, financières, administratives ? La crise du Coronavirus peut-être ? Cédric ne le saurait sûrement jamais. Mais l'agent immobilier, lui, savait.

Le groupe Châteaux & traditions ne s'était jamais intéressé, comme l'avait pressenti Cédric, au domaine de Montrieux. Il possédait dans son catalogue des demeures de prestige qui, même en état de ruine avancée, exaltaient la volupté. Mais Cédric voulut croire à ce cadeau du destin et ne s'attarda pas sur les indices perturbants, délaissant son esprit cartésien qui avait sa vie durant régi sa manière d'être et d'agir. L'agent immobilier avait donc délibérément menti à Cédric, prétextant la volonté de discrétion de « son client », usant des subterfuges administratifs pour justifier l'absence de toute mention du prestigieux investisseur sur l'acte de vente, noyé sous la complexité opacifiante d'une légion de mandataires et intermédiaires divers. En vendant le château de Cédric à un simple promoteur immobilier, Christophe Moreau avait agi dans son intérêt, dans le mépris de la déontologie d'une profession en quête de respectabilité. Le château ne serait ainsi jamais rénové. Pis, il serait bientôt détruit, rasé, évaporé et son jardin accueillerait une aire de stationnement qui entourerait une vingtaine de pavillons milieu de gamme, à l'architecture tristement inexistante.

Depuis l'incendie, le château n'était plus ni classé, ni inscrit à l'inventaire supplémentaire des monuments historiques. Seule la tour Jehanne serait préservée par coquetterie. La proximité du domaine de Montrieux avec la lisière du village en faisait une cible de choix pour les bitumeurs. La cupidité criminelle d'un agent immobilier aurait achevé six siècles d'histoire et brisé le rêve d'un homme qui s'éteignait et n'en saurait jamais rien. Se noyant dans la stupeur et la colère, il reprit la route à vive allure jusqu'au portail de la propriété dont le cadenas avait été forcé. Il n'eut aucun mal à pénétrer dans l'enceinte de ce qui aurait dû devenir une demeure de standing. À peine garé sur la large allée de graviers, que l'on devinait à peine sous un épais tapis d'herbes folles, Cédric bondit de la voiture de location et se dirigea vers la pièce qui était la plus chère à ses yeux : le grand salon, gardien de la galerie de portraits de ses illustres aïeux. Il traversa sans peine plusieurs pièces, rencontrant verre pilé, portes enfoncées, meubles éventrés, murs recouverts de messages abscons dont certains sentaient la peinture fraîche. L'imposante porte du grand salon était close, ce qui rassura sur le moment le châtelain qui reprenait possession des lieux. Il l'entrouvrit, s'immobilisa, puis s'effondra d'effroi et de chagrin. La cheminée monumentale, recouverte d'une abominable peinture rouge s'empiffrait de vieux papiers et de bois de cagettes qu'un timide feu n'avait pu consumer. Le parquet souffrait de plaies profondes, son vieux fauteuil était démembré, la pendule sacrifiée aux jeux idiots de ceux qui sèment le chaos par distraction. Mais ce spectacle, aussi désolant fût-il, lui paraissait supportable à côté de cet autodafé de portraits agglutinés par plaisir au centre du grand salon, qu'il crut installé pour allumer le bûcher funéraire de ses espoirs déchus. Les tableaux de portraits avaient d'abord été souillés, grimés, lancés, tailladés puis éventrés. Aucun d'entre eux n'était sorti indemne de la dévastation qui gagnait également le cœur de Cédric. Une colère profonde lui brûla le ventre, et la furie du désespoir lui commanda de devenir le maître de ce champ de bataille apocalyptique. Dans

cet ultime Armageddon entre l'histoire de sa famille
et le destin, il saisit les fantômes de son passé par la
gorge pour leur signifier lui-même que le glas venait
de sonner. Les tableaux volèrent à travers le grand
salon au son de cris de bête, finissant leur danse
saccadée sur le tain délavé d'un grand miroir, des
chaises s'encastraient dans ce qu'il restait de
fenêtres. Au centre de la pièce, l'imposant lustre qui
pleurait des larmes de cristal ne résista pas à
l'assaut des vieux livres qui volaient en escadrilles à
sa rencontre. Cédric voulut renverser la table en
chêne qui résista sans peine à son courroux. Il lui
fallait pourtant un feu d'artifice pour clore cette
histoire, son histoire, une bonne fois pour toutes.
Ce serait la bibliothèque, vidée de ses occupants.
Rassemblant ses dernières forces, il se jeta sur elle,
lui saisit l'arrière-train pour faire tomber cet autre
symbole de l'histoire familiale. Il avait vu son
grand-père et son père y glaner livres et albums de
photographies pendant son enfance. Elle était vide
désormais, vide comme son cœur, son âme et celle
de ce château qu'il aurait tant souhaité sauver des

caprices des hommes. Il avait perdu, mais voulait porter lui-même le coup de grâce à tout ce qui comptait à ses yeux, comme l'aurait fait un maître avec un animal de compagnie qu'il aimait trop pour lui autoriser l'agonie. Dans un fracas lourd et puissant, l'imposante bibliothèque s'effondra d'un seul tenant, à peine émue par la violence du choc, sur un tapis de tomettes qui semblaient moins usées par le temps que ses voisines. Le sol se fissura, comme s'il avait décidé d'engouffrer cet encombrant amas de chêne marqueté. Cédric n'en revenait pas. Il aurait presque eu un petit sourire de satisfaction, si la situation ne lui apparaissait pas aussi dramatique, tant il fut surpris de la force qu'il avait pu mobiliser pour faire tomber le vieux meuble. Après un long moment à contempler le désastre dont il s'estimait seul responsable, il se laissa envahir par une peine enragée qui l'empêcha de succomber à une violente fatigue. Cédric se dirigea calmement vers une autre pièce du château, alors qu'un nouvel occupant revendiquait sa conquête dans le vacarme mutique de cette désolation.

Une ombre féline se glissa, imposante, sur cette catacombe de tableaux occis. Le chat se raidit brièvement sur le sol poussiéreux pour considérer l'étrange spectacle que lui offrait le châtelain, revenu d'une longue absence. D'un regard vide, Cédric fixait l'animal errant qui lui rendait la politesse. Les bras ballants, les jambes raides, l'ancien propriétaire flottait au-dessus des reliques de ses nobles aïeux qui avaient réussi, génération après génération, à perpétuer par le sang et par la pierre la pérennité de leur clan, fondé en 1439. Sa gorge était prise au piège d'un solide nœud de chanvre fixé à ce qui fut autrefois un remarquable plafond à la française. Sous le regard indifférent d'un chat de passage, le dernier des barons de Montrieux se balançait, le souffle étouffé, avec la régularité d'un pendule qui égrainait les derniers instants d'une lignée qui allait s'éteindre. Le chat n'avait pas de collier, et sûrement pas de nom. Il trônait fièrement, paré de sa robe hermine, sur l'imposante cheminée en marbre du grand salon. Lassé par la danse macabre de son invité, il bondit, d'un miaulement résigné, à la découverte de l'une des nombreuses pièces sans vie du château, comme l'aurait fait le nouveau propriétaire des lieux. Désormais, c'était lui, le châtelain. Une pluie de pierres s'échappant du sol disparut dans un bruit étouffé, formant un petit cratère sur le côté de la bibliothèque. Le chat s'y engouffra, comme si la curiosité du pendu agonisant le lui commandait. Depuis son belvédère morbide, Cédric devina un escalier qui descendait vers une pièce inconnue. Avant de rendre son dernier souffle, il comprit que, dans sa fureur destructrice, il avait découvert cette fameuse pièce secrète censée abriter une toile de maître. Ce n'était donc pas qu'une légende familiale, cette pièce existait vraiment. La toile de maître devait donc, elle aussi, exister. Une telle découverte, quelques minutes plus tôt, lui aurait permis de sauver son château, de l'embellir. Ou peut-être pas. Il quitta ce monde sous le joug de cette ultime pensée. Les derniers rayons d'un guidant le chat vers les couleurs ternies d'un grand tableau où posait une vierge à l'enfant. Il snoba le chef-d'œuvre, préférant chercher dans ce gouffre sombre la trace d'occupants à quatre pattes qu'il prendrait bientôt en chasse. En se retournant, la queue velue de l'animal caressa un coin du tableau dont elle ôta la poussière. Le peintre avait signé son œuvre d'une succession de lettres indéchiffrables pour le nouveau châtelain : L. Da Vinci, 1517.

DEUXIÈME ÉDITION

Editions *Ad Gloriam*

Pour contacter l'auteur :

contact@gregory-roose.fr